COLLECTION

ALFRED FEYDEAU

CATALOGUE

DES

TABLEAUX MODERNES

AQUARELLE & DESSIN

PAR

J. CLÉSINGER, CICERI, COROT
DIAZ, JULES DUPRÉ, ISABEY, MILLET, LÉON RICHET
THÉODORE ROUSSEAU
TROYON, EDMOND YON, VERDIER, ETC.

COMPOSANT LA

Collection Alfred FEYDEAU

DONT LA VENTE AURA LIEU

En vertu d'ordonnance de M. le Président du Tribunal civil de première instance de la Seine et par suite de minorité

HOTEL DROUOT, SALLE N° 6

Le Jeudi 22 Mai 1902

A 3 HEURES ET DEMIE

COMMISSAIRE-PRISEUR	EXPERTS
Me V. RADENAC	**MM. TEDESCO Frères**
12, rue Gaillon, 12	*33, avenue de l'Opéra, 33*

EXPOSITIONS

PARTICULIÈRE : Le Mardi 20 Mai 1902, de 2 h. à 5 h. 1/2
PUBLIQUE : Le Mercredi 21 Mai 1902, de 2 h. à 5 h. 1/2

CONDITIONS DE LA VENTE

Elle sera faite au comptant.

Les Acquéreurs paieront *dix pour cent* en sus des prix d'adjudication.

PRÉFACE

Il y a des gens qui entassent chez eux des tableaux — tel ce particulier qui en avait empli sa maison de la cave au grenier et en possédait plus de dix-huit mille — et qui, cependant, ne seront jamais considérés comme des amateurs ; il y en a d'autres qui, avec un choix extrêmement restreint, peuvent aspirer à cette qualification : je serais même tenté de rééditer ici le paradoxe d'un connaisseur avisé, qui prétendait qu'à lui seul un bon tableau constitue une collection.

Cette boutade me revenait en étudiant, l'autre matin, les quelques œuvres décrites plus loin ; M. Alfred Feydeau les avait réunies avec un soin éclairé ; il les avait gardées par devers lui avec une tendresse jalouse : elles représentaient ce que son goût de l'art lui disait d'aimer, et il ne les regardait pas sans une émotion où se mêlait à une jouissance esthétique jamais blasée le souvenir de la grande bataille de l'école de 1830, à laquelle il avait pris part.

M. Alfred Feydeau est mort depuis plusieurs années : les tableaux, qui constituaient son cabinet et où il trouvait une *distraction à son rude labeur d'architecte, vont être dispersés ; il semble que le moment soit venu de les passer en revue, avant qu'ils n'aillent porter, en d'autres collections, le pur rayonnement de leur beauté.*

Rousseau figure ici avec une toile de large envergure, les Grands Chênes; *jamais le peintre que Thoré-Burger a célébré en des pages célèbres n'a dit de façon plus grandiose ni plus éloquente la majesté de l'arbre, l'arbre dont la croissance s'étend sur plusieurs siècles, l'arbre dont le tronc crevassé et les branches tordues expriment les vicissitudes de la vie — qu'elle soit animale ou végétale, elle est toujours la vie ! — dans le caprice renouvelé des saisons et les assauts furieux des tragédies atmosphériques. C'est l'immense géant, protecteur des nids, qui se dresse, les bras ouverts en un geste de bénédiction, au-dessus de la terre en travail; et sur son torse d'ancêtre robuste, qui ne plie pas et ne rompt pas toujours, pour faire mentir le fabuliste, la lumière promène sa caresse dorée et réchauffe les vieilles sèves toujours fécondes. Il semble que le maître ait saisi les muets dialogues qui se doivent échanger entre le ciel d'azur, drapé dans la gaze fugitive des nuages, et les cimes feuillues, que le moindre souffle remue, comme une tête de vieillard qui garderait une éternelle parure de jeunesse.*

Avec Corot, c'est le Printemps *en pleine floraison : de beaux arbres aux souples rameaux, des feuilles légères, presque diaphanes; puis une rivière qui coule, roulant des images d'azur dans son onde claire ; puis un pont de pierre, puis les maisons d'une petite ville, toute blanche, toute gaie, toute fraîche dans la bonne lumière du soleil matinal. Ah! comme les oiseaux doivent chanter dans les nids! Quelle joyeuse sérénité, et quelle poésie tendre! Quelle compréhension de la nature dans ce qu'elle a de plus humaine émotion, de plus pure beauté sensible! Ce tableau-là, encore, est une perle, et M. Alfred Feydeau avait eu mille fois raison de le conserver pour la joie de ses yeux.*

De Jules Dupré, deux œuvres de cette harmonie forte où le maître pénètre le grand secret des choses : la Mer en vue de Cayeux *et* Marée basse. *Jamais on n'a mieux dit les masses d'eau lourdes et profondes, remuées comme en se jouant, par un spasme continu et mystérieux : jamais on n'a mieux saisi, dans la forme aérienne des nuages, l'expression des drames qui se jouent là-haut, au-dessus de nos têtes, et dont nous ne percevons, nous autres, rivés à nos contingences d'ici-bas, que la magnificence extérieure, sans chercher même quelles lois indéchiffrées en régissent l'évolution. Le peintre semble bien avoir senti, mieux que tout autre, qu'il y avait là quelque chose de très auguste, et il a interprété sa pensée profonde avec une puissance d'art et une ampleur de beauté que nul n'a dépassées.*

Diaz, cependant, s'est haussé à cette intelligence de la féerie céleste dans son Coucher de soleil sur la clairière : *c'est l'heure où la nature aspire au repos. La terre déjà s'enveloppe d'ombre : la nuit va paraître ; mais, auparavant, le ciel est encore embrasé : des nuages légers sont pénétrés d'une lumière à la fois violente, pure et subtile ; si ardent qu'il semble encore, l'astre descend, entouré d'un feu tranquille, dépouillé des rayons qui éblouissent, accessible au regard de l'homme, comme endormi déjà dans une auréole de gloire, et répandant à travers la nue, dont il frange les bords, des rayons doucement enflammés. Et c'est une impression très forte que le peintre a rendue avec une heureuse aisance.*

Dans l'œuvre de Troyon, Vaches au pâturage, *nous revenons à une émotion plus calme : un jour radieux qui s'achève, et deux ruminants, calmes et forts, tout au bien-être d'une digestion régulière. « A l'instant où il est aux champs, a écrit M. Mazure, l'animal fait pour brouter a, dans son allure, dans ses mouvements, dans la courbure de ses épaules et de son cou, une grâce naturelle, à la fois nonchalante et satisfaite, qui est un des charmes les plus aimés du paysage. » C'est ce qu'a rendu Troyon avec une maîtrise incomparable. Il est impossible de ne pas admirer devant une œuvre aussi solide, aussi vraie, aussi juste d'expression, aussi riche d'exécution.*

Millet ne figure ici qu'avec un dessin, mais quel dessin ! Deux figures de ce caractère tout spécial que Millet a su dégager des traditions affadies dans les formules desquelles il était habituel, à son époque, de représenter les gens de la glèbe. Et la paysanne, dans Millet, qu'elle soit bergère ou bûcheronne, glaneuse ou lavandière, jeune ou vieille, nous apparaît avec une grandeur mystérieuse : elle est un fruit hâtivement mûri, qui s'épanouit dans une atmosphère éternellement rafraîchie par le souffle du vent. Elle n'est pas seulement femme, elle est la mère, et, comme le paysan, elle est partie intégrante du paysage qui l'entoure, comme les moutons, comme l'arbre. Certes, son individualité, dans cette harmonie, s'accuse mieux que celle de l'animal ou de la plante, puisqu'elle se fait obéir de l'animal et se sert de la plante ; mais, au seul point de vue de l'esthétique, au point de vue de l'art, et c'est le seul qu'il nous est permis d'examiner devant le dessin de la collection Feydeau ; c'est le seul également auquel s'est placé Millet, paysanne et paysan se trouvent être, suivant le mot très juste de Castagnary, « le terme le plus élevé d'une série qui commence au végétal pour s'arrêter à eux ».

Et j'arrive à l'œuvre d'Isabey, le Châtiment : *ici nous sommes en plein romantisme : Lenoir avait incliné les curieux sur les reliques du passé : Viollet-le-Duc avait exposé les lois selon lesquelles ces reliques avaient été créées ; Victor Hugo avait réintégré la vie dans cet autrefois, où l'âme féodale n'était qu'endormie ; Isabey, lui, a fait sa partie dans cette symphonie héroïque, et le tableau de lui qui rayonne dans la collection Alfred Feydeau témoigne de l'extraordinaire virtuosité qu'il dépensait à ces résurrections des mœurs du Moyen-Age : quel drame va se jouer derrière ces murs élevés, aux ouvertures étroites garnies de barreaux de fer ; quelles âmes assoiffées de vengeance, plus que de justice, derrière ces cagoules de pourpre qui indiquent le chemin à la prisonnière ! Quelle désespérance doit sangloter dans la poitrine de cette jeune femme, tout de blanc vêtue, qui va pénétrer dans l'huis inhospitalier et dont le mouvement semble comme un geste d'adieu. Que de pathétique dans cette scène dont l'émotion vous poigne, sans qu'on prenne le temps de s'arrêter à la joliesse des costumes et à l'expressive éloquence des figures ; il semble qu'on lise, dans cette scène si adroitement composée, certaines pages du seigneur de Brantôme, dont on aurait enlevé la fine ironie, pour ne laisser subsister que la réalité souvent cruelle des faits. Cette œuvre-là est délicieuse : jamais Isabey n'a été plus peintre, ni plus dramatique, et l'on ne sait vraiment quelle qualité l'on doit le plus admirer chez lui, tant il les possèdent toutes à un égal degré.*

Après lui, je ne veux plus citer que d'un mot les autres tableaux de la collection, le Coucher de soleil, *de Clésinger ;* le Soir, *de Ciceri ; les deux belles peintures de Léon Richet, qui fut un disciple justement aimé de Diaz ; le clair paysage de Yon. Mais ce que j'ai dit doit suffire à marquer avec quel intérêt il conviendra d'examiner les œuvres qu'avait réunies pour lui l'amateur très éclairé que fut Alfred Feydeau.*

L. Roger-Milès.

Mars 1902.

TABLEAUX

AQUARELLE — DESSIN

CLÉSINGER

(J.)

1 — *Coucher de soleil sur les marais Pontins.*

Derrière on lit : *A mon ami Fédeau* (sic), *J. Clésinger.*

Panneau. Haut., 18 cent.; larg., 45 cent. 1/2.

CICERI

2 — *Le Soir au-dessus de la vallée.*

Des collines aux flancs boisés, et au-dessus, le ciel ambré du soleil couchant.

Signé à gauche, en bas : *C. Ciceri.*

Panneau. Haut., 14 cent.; larg., 29 cent.

COROT

3 — *Le Printemps.*

Dans les premiers plans, parmi la verdure printanière, piquée de place en place de fleurettes, une figure assise, vue presque de dos, en jupe brune, corsage rouge, béret bleu.

A gauche un arbre, au tronc penché, dont les branches légères tendent vers la droite leurs feuilles d'un vert tendre ; d'un autre côté, un buisson de jeunes arbres et de hautes bruyères. A droite, d'autres buissons fleuris ; au milieu, au fond, aperçu sous la voûte des frondaisons, le plus délicieux paysage ensoleillé qui se puisse voir : la rivière, aux eaux vives et transparentes, toute pleine de reflets et de frissons, un pont de pierre, une petite ville aux maisons blanches, aux toitures brunes, et un ciel d'azur masqué par quelques nuages blancs et roses.

Signé à droite, en bas : *Corot.*

Panneau. Haut., 32 cent.; larg., 40 cent.

3 COROT. *Le Printemps.*

DIAZ

4 — *Coucher de soleil sur la clairière.*

Au milieu, un sentier que suit une moussière qui s'en revient de la cueillette ; à gauche, un terrain relevé, planté d'arbres ; à droite, un pré, dont l'horizon est marqué par un bois touffu ; le sol est sombre : les choses déjà s'enveloppent des mélancolies silencieuses du soir ; mais dans le ciel, au-dessus des frondaisons, le soleil allume ses clartés d'incendie ; ce sont des flammes rouges et roses, qui planent près d'autres clartés d'or et de soufre, que voileront bientôt d'autres nuages noirs ; la féerie du soleil couchant dans sa splendeur tragique : tout y est à la fois clameur et silence.

Signé à droite, en bas : *N. Diaz.*

Panneau. Haut., 33 cent.; larg., 44 cent. 1/2.

5 DIAZ *Coucher de soleil sur la clairière.*

DUPRÉ

(JULES)

5 — *La Mer, en vue de Cayeux.*

La mer aux vagues brodées d'écume blanche : vers la droite, un bateau de pêche, aux voiles brunes gonflées par le vent : plus loin, du même côté, un autre bateau de pêche, vu de l'arrière, aux voiles blanches, et légèrement incliné sur le flanc droit.

Au fond, vers la gauche, deux autres voiliers : puis, jusqu'à l'horizon, le spasme aux ondulations frémissantes, sous le ciel bleu, au-devant duquel, superbement, s'envolent des nuages blancs.

Signé à gauche, en bas : *Jules Dupré.*

Toile. Haut., 60 cent.; larg., 73 cent.

DUPRÉ

(JULES)

6 — *Marée basse.*

La mer se retire : sur le sable de la plage, un sloop de pêche est à sec, la quille noire dessinant des lignes sombres sur le fond glauque de l'eau : d'autres barques sont également à sec. A gauche, un bateau de pêche, dont la mature et les voiles sont battues par le vent.

Dans le ciel gris, de grands nuages sombres, géants de l'air aux lignes ourlées de lumière, légers, puissants, tragiques. C'est l'extraordinaire envolée des formes mystérieuses imaginées par l'atmosphère, et dont le peintre a magnifiquement dit l'héroïque splendeur.

Signé à droite, en bas : *J. D.*

Toile. Haut., 21 cent.; larg., 30 cent.

5 — JULES. *La Mer en vue de Cayeux.*

ISABEY

7 — *Le Châtiment.*

L'heure a sonné : sur l'étroit balcon qui mène à la cellule, parmi des hommes d'armes, les gens du Saint-Office, en cagoule de pourpre, conduisent leur victime, vêtue de soie blanche ; derrière elle, un personnage en pourpoint brodé et manteau, la main droite étendue en un geste menaçant, écoute ce que lui dit un prêtre en cagoule noire, et barre le chemin à une femme, vue de dos, et vêtue de soie jaune.

Sur les marches de l'escalier de pierre qui conduit au balcon, deux hommes d'armes se croisent et échangent quelques paroles, tandis qu'un troisième, vu de dos, son feutre à la main, a déposé près de lui son tambour et son arquebuse.

A gauche, au fond, dans la cour, on aperçoit des hommes d'armes et des chevaux blancs, sellés ; du même côté, dans le haut, un petit pan de ciel bleu. L'architecture est extraordinairement traitée, et la lumière qui joue sur les murs révèle avec quelle souplesse le maître se plaisait à spécifier les matières ; c'est là une œuvre d'une exceptionnelle qualité.

Signé à droite, en bas : *E. Isabey, 62.*

Panneau. Haut., 53 cent. 1/2 ; larg., 45 cent. 1/2.

Collection Charles Hibert.

7. — ISABEY. *Le Châtiment.*

MILLET

8 — *Au bord du Chemin.*

Au bord du chemin, sur le talus, la fagoteuse s'est assise : elle a déposé à côté d'elle son lourd fagot de bois mort ; tout, dans son attitude, exprime la lassitude ; de sa main gauche, elle s'appuie au revers du talus : sa main droite tient, près de son genou, sa serpe.

Devant elle, debout, une bergère s'est arrêtée et cause, les mains appuyées sur son long bâton.

Dans le haut du talus, on aperçoit quelques moutons broutant.

Signé à gauche, en bas : *J.-F. Millet.*

Dessin au crayon sur papier Ingres.

Haut., 46 cent.; larg., 30 cent.

8 — MILLET. *Au bord du chemin.*

RICHET

(LÉON)

9 — *Les Fermes.*

Au milieu du pré, une petite mare met sa lumière transparente dans la verdure. Au fond, entre les arbres, on aperçoit les fermes coiffées de chaume ou de tuiles rouges.

Dans le ciel, des nuages blancs et gris.

Signé à gauche, en bas : *Léon Richet*, 72.

Panneau. Haut., 48 cent. 1/2 ; larg., 69 cent.

RICHET

(LÉON)

10 — *La Mare.*

A gauche, sur un pli de terrain, les fermes aux toits de chaume, encadrées par les frondaisons blondes.

Au milieu, dans le pré, aux bruyères sombres, une mare, dont le miroir réfléchit les nuages blancs et gris du ciel.

Signé à gauche, en bas : *Léon Richet, 72.*

Panneau. Haut., 48 cent. 1/2 ; larg., 69 cent.

ROUSSEAU

TH.

11 — *Les Grands Chênes.*

A gauche et jusqu'au milieu, de grands chênes dressent vers le ciel ennuagé leurs frondaisons touffues. Sur l'écorce des troncs noueux, sur les branches aux coudes tordus, le soleil, que tamisent les feuilles vertes, met la caresse de chaudes clartés, et les bons géants protecteurs des nids montrent les cicatrices de leurs fibres, là où les sèves fermentées sont séchées par les années.

A droite, au pied des chênes, une mare s'étend, où des vaches se baignent. Plus loin, du même côté, un pré s'étend, derrière un pli de terrain, et au-devant d'un bois, largement doré de soleil.

Dans les premiers plans, le sol herbeux, à la surface duquel des racines montrent leurs caprices tortueux, et, sur les bords de la mare, un arbre abattu.

Signé à gauche, en bas : *Th. Rousseau.*

Toile. Haut., 90 cent., larg., 1 m. 17.

11 — ROUSSEAU (Th.). *Les grands Chênes.*

TROYON

12 — *Vaches au pâturage.*

La fin d'une belle journée d'été : un ciel bleu, au-devant duquel s'envolent des nuages bordés de lumière.

Dans un pré, dont un petit bois masque l'horizon, deux vaches sont arrêtées : l'une, noire, tachetée de blanc, est vue de profil à droite ; l'autre, blanche, tachetée de noir, est couchée et vue de dos et de croupe.

Parmi les herbes séchées, quelques plans, au fond, dorés par le soleil, et dans les premiers plans, de place en place, des bruyères roussies.

Signé à gauche, en bas, du timbre de la vente.

Panneau. Haut., 24 cent. 1/2 : larg., 34 cent.

YON

(EDMOND)

13 — *Laveuse, au Gruchet.*

Dans la mare, à gauche, une laveuse trempe son linge. Autour d'elle, les verdures et les arbres ont leur parure tendre de printemps, sous un ciel gris.

Signé à droite, en bas : *Edmond Yon.*

Aquarelle. Haut., 37 cent., larg., 54 cent.

VERDIER

(Élève de LEBRUN)

14 — *La Fuite de Gomorrhe.*

Toile. Haut., 16 cent.; larg., 21 cent. 1/2.

ANONYME

15 — *L'Ensevelissement aux catacombes.*

Toile. Haut., 16 cent.; larg., 21 cent. 1/2.

www.ingramcontent.com/pod-product-compliance
Ingram Content Group UK Ltd.
Pitfield, Milton Keynes, MK11 3LW, UK
UKHW020529180726
13839UKWH00005B/2394

9 782329 435176